W0327040

Document
sorti des
collections

Le grand déluge

Pour Nicolas et Nathan

© Éditions Nathan (Paris-France), 2008
Loi n°49956 du 16 juillet 1949 sur les publications destinées à la jeunesse
ISBN : 978-2-09-251614-0
N° éditeur : 10142311 - Dépôt légal : juin 2008
Imprimé en France par Pollina, 85400 Luçon - n° L46828

15048

R
BEN

HUBERT BEN KEMOUN

Le grand déluge

Illustrations de Thomas Ehretsmann

Nathan

BIBLIOTHÈQUE MUNICIPALE
- 74 DOUVAINE -

un

La maison au bord de l'eau

CE SAMEDI DE JUILLET, le vent qui s'engouffrait dans la vallée de la Saponne soufflait fort. Il sifflait dans nos oreilles une sorte de menace, mais comment aurions-nous pu savoir ce qui nous attendait ?

Lionel roulait devant moi, il connaissait le chemin. Il était passé me chercher en début d'après-midi en m'expliquant :

– Je dois rendre un petit service à mon grand-père. Il est à l'hôpital pour une intervention chirurgicale et ma mère doit rester à son chevet. Elle m'a demandé d'aller ramasser son courrier pour le lui rapporter. Surtout les revues auxquelles il est abonné.

« Pour une fois que vous pouvez vous rendre utiles, plutôt que d'aller provoquer des catastrophes sur les bords de la Saponne[1], je suis d'accord », avait dit maman.

Le grand-père de mon ami habitait en dehors de la ville, dans une petite maison basse et isolée au bord du fleuve. À l'aide d'une grosse clef noire, Lionel a ouvert la vieille porte donnant sur une grande cuisine qui devait servir aussi de salle à manger et de salon.

---

1. Voir tous les autres titres de la série *Samuel*.

– Ce n'est pas un palace, mais j'aime bien venir ici ! a-t-il fait en commençant à vider les enveloppes et les journaux qui encombraient la boîte encastrée dans la porte.

On aurait dit qu'il voulait excuser l'absence de luxe de l'endroit.

– C'est plutôt sympa comme maison. Juste au bord de la Saponne, en plus. Il faisait quoi, ton grand-père, avant d'être à la retraite ?

– Facteur !

– C’est marrant, il distribuait le courrier, et maintenant, c’est toi qui viens le lui ramasser !

En attendant que Lionel ait terminé, j’ai effectué un petit tour de la pièce. J’ai été attiré par une grande quantité d’étranges bouts de bois entassés sur une étagère à côté d’un vaisselier.

– Et il collectionnait les lance-pierres ? ai-je demandé en désignant les branches, toutes en forme de Y.

– Ah, ça ? Non, ce sont des baguettes de sourcier qu'il a taillées lui-même.

– De sorcier ? Ton grand-père était sorcier, et tu ne m'en as jamais parlé !?

– Pas sorcier... *sourcier*, Sam ! Papy a le don ! Il utilise ces baguettes en bois de coudrier ou de noisetier, si tu préfères, afin de trouver les sources et indiquer l'endroit où il faut creuser un puits.

– C'est géant, un truc pareil ! Et tu as déjà essayé ?

– Bien sûr, il a voulu m'apprendre. J'ai taillé ma baguette. Seulement moi, si je sens arriver les orages ou le soleil[1], hélas, pour trouver de l'eau, je n'ai pas le don ! a expliqué Lionel d'un ton désolé.

---

1. Voir *Terriblement vert !*

J'avais attrapé une des branches par son pied et la tenais comme un aveugle pointe sa canne. J'avançais dans la pièce, les yeux fermés, en faisant l'idiot et en répétant d'un ton grave :

– Il y a de la flotte là-dessous, je la sens !

– Ce n'est pas comme ça, imbécile ! Il faut prendre un brin de la fourche dans chaque main et quand le pied du Y se met à trembler, c'est signe qu'il y a de l'eau.

J'ai recommencé beaucoup plus sérieusement en suivant les conseils de Lionel, et j'ai voulu me faire croire que je sentais quelque chose trembler au bout de mes mains.

– Je crois que je sens une vibration... ai-je dit.

– Ben voyons, à travers le carrelage de la cuisine ! Sam, t'es encore plus fort que mon papy !

– Je t'assure, Lionel !

– À vingt mètres de la Saponne, c'est pas un exploit de sentir de l'eau. Allez viens, on sort ! Je vais faire le facteur pour mon facteur préféré.

Je n'ai rien dit en remontant sur mon vélo. Je n'avais sans doute pas le don, moi non plus. Mais ce que je n'ai surtout pas dit à Lionel, c'est que j'avais « oublié » de remettre la baguette à sa place. Pour un vieux bout de noisetier, personne n'allait en faire une histoire.

Deux

Un mensonge et des échecs

JE SUIS CERTAIN que n'importe quel garçon de mon âge aurait agi comme moi. Posséder un pouvoir que les autres n'ont pas, ce n'était pas rien. Je voulais vérifier d'un peu plus près si, réellement, je n'avais pas dans les mains le fluide nécessaire pour trouver une source. Lionel, en me pressant de filer vers l'hôpital, ne m'en avait pas donné le temps. Et je ne pouvais pas attendre.

À peine un kilomètre après avoir repris nos vélos, j'ai mis pied à terre en inventant un petit problème de dérailleur.

– Continue sans moi vers l'hôpital. Je règle ça, et je te rejoins !

– Mais non voyons, je t'attends ! a fait mon ami.

– Lionel, le temps que tu arrives là-bas, que tu trouves la chambre, que tu embrasses ton grand-père, que tu lui remettes son courrier, que tu fasses un peu la conversation avec lui et avec ta mère, que tu prennes des nouvelles de sa santé... enfin tout ça... j'aurais largement le temps d'arriver et de te retrouver à la porte, sur le parking.

– Tu crois ? Vraiment ?

– Bien sûr ! Je préfère rouler doucement à mon rythme que de poireauter en t'attendant à l'hosto !

Pour la première fois de ma vie,

je mentais à mon meilleur ami afin de l'éloigner. J'avoue que je n'en ai ressenti aucune honte en le voyant disparaître derrière le premier virage de la route.

À cet instant, rien d'autre ne comptait pour moi que de tester à nouveau mes capacités de sourcier en herbe.

J'ai tiré la baguette de la poche de mon pantalon, et l'ai saisie comme Lionel me

l'avait indiqué. À pas lents, je me suis engagé dans un champ qui grimpait sur le coteau à partir de la route. Le bout unique du Y demeurait irrémédiablement horizontal. Les seules vibrations que je ressentais dans les bras étaient sans doute imaginaires. Mais peut-être n'y avait-il tout simplement aucune source à trouver ici.

Après avoir repris mon vélo, à l'entrée de la ville, dans un petit arpent de vigne, j'ai recommencé l'expérience. En vain, encore une fois, en vain. C'était un nouvel échec, mais je ne voulais pas me résoudre à l'accepter. Alors, dans un jardin public non loin de l'hôpital, sous l'œil de quelques mamans qui surveillaient leurs enfants, j'ai à nouveau ressorti la baguette.

– Tu cherches du pétrole ? m'a demandé une petite fille affairée à construire des pâtés au milieu du bac à sable. À mon avis, il n'y en a pas, ça fait longtemps que je creuse ici...

Dépité et déçu, je ne lui ai même pas répondu et suis remonté sur mon vélo pour retrouver Lionel.

J'ai essayé encore trois ou quatre fois un peu plus loin... Je n'avais aucun don, aucun fluide !

C’est en arrivant dans le centre-ville que j’ai croisé des véhicules de pompiers fonçant toutes sirènes hurlantes en direction du fleuve. Des ambulances et des pompiers ? Après tout, rien de plus normal dans les parages d’un hôpital...

Je ne savais pas à quel point je me trompais !

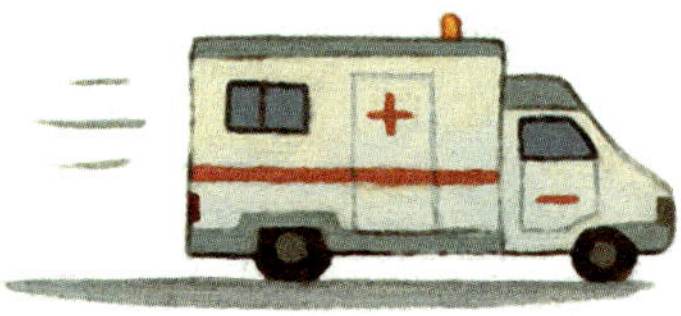

Trois

Coupable !

LIONEL N'ÉTAIT PAS encore redescendu, et je l'ai attendu à côté de son vélo attaché à deux pas de l'entrée. J'allais lui rendre la baguette de son grand-père, je trouverais les mots pour m'excuser. Mon ami saurait comprendre mon geste.

Je la tenais dans mes mains et la tournais comme s'il s'était agi d'une arme venant de l'autre bout du monde et dont je ne comprenais pas l'utilisation.

Allez, un dernier essai !

Dans mon dos, les sirènes de pompiers continuaient à hurler. Et tout à coup, c'est de l'hôpital qu'ont retenti des alarmes stridentes. J'ai vu des infirmiers, des médecins, des visiteurs se mettre à courir, affolés.

– Il y a une inondation incroyable ! a crié dans son téléphone un brancardier en déboulant sur le parking. Tous les robinets, toutes les douches, se sont déclenchés en même temps ! Tous les points d'eau ! Même les chasses d'eau des toilettes !

Ce n'était pas possible, ça ne pouvait pas être de ma faute ! Entre trouver des sources et faire jaillir de l'eau, il y avait une immense différence !

Complètement paniqué, j'ai regardé la baguette en bois clair, elle avait l'air ridicule dans mes mains. Totalement inoffensive ! Et puis j'ai vu mes pieds sur le ciment du perron... Une étrange flaque d'eau était en train de se dessiner autour de mes tennis !

– Samuel !

Lionel était dans mon dos, il arrivait en courant.

Sans réfléchir, j'ai sauté sur mon vélo et je me suis mis à pédaler comme un fou.

– Samuel, attends-moi ! Sam ! hurlait mon ami lancé à ma poursuite.

Mais comment aurais-je pu faire face à Lionel ?

Alors que j'avançais dans la rue, je sentais dégouliner de ma poche un filet d'eau le long de ma jambe et se répandait sur la chaussée.

J'ai atteint le jardin public où je m'étais arrêté avant l'hôpital. Sur le trottoir, une trentaine de badauds se pressaient autour des grilles et regardaient, complètement éberlués, un geyser de dix mètres de haut qui jaillissait de l'endroit exact où j'avais effectué une de mes tentatives. Le bac à sable, où la petite fille s'était moquée de

moi, était à présent une piscine qui débordait à gros bouillons.

Le temps que je freine pour observer le spectacle, une grande flaque s'est formée sous mes roues et a commencé à s'écouler dans le caniveau.

Je n'étais plus que honte ! J'avais l'impression d'être un monstre !

La même catastrophe se répétait partout où j'avais testé la baguette de noisetier.

– Samuel !

Lionel avait roulé à fond pour me rattraper. Il arrivait du bout de la rue en criant. J'ai repris la fuite, aussi vite que j'ai pu. Je n'oserais plus jamais me montrer devant personne.

J'aurais peut-être dû jeter cette effroyable baguette qui encombrait la poche de mon pantalon et continuait à couler comme un robinet, et de plus en plus fort, mais je craignais de provoquer une catastrophe plus grave encore. Autour de moi, partout retentissaient les hurlements des sirènes des pompiers ; j'avais l'impression qu'elles me dénonçaient à la ville entière... De toute ma vie, jamais je ne m'étais senti aussi perdu.

Quatre

Au bord du fleuve

J'AI ENFILÉ DES RUELLES inconnues à toute allure. Emprunté des sens interdits, pour que jamais Lionel, qui avait failli me rattraper au jardin public, ne puisse retrouver ma trace. J'ai pensé qu'à cause de moi, la ville allait être noyée. Un comble, en cet été caniculaire ! J'allais devenir un assassin, le plus grand destructeur de la terre.

Mais que pouvais-je faire ?

Revenir vers la maison du papy de Lionel, casser un carreau pour y entrer et replacer ce bout de bois à l'endroit où je l'avais volé ? À présent, c'était sans doute impossible : la route devait être inondée, la maison encerclée par les eaux, peut-être même engloutie !

Je pleurais tout en pédalant à perdre haleine ! Le débit qui sortait de ma poche était de plus en plus puissant...

Je ne voyais qu'une solution ! Noyer l'eau !

C'était peut-être idiot, mais je ne voyais que cela : jeter ce bout de bois infernal dans la Saponne. Peut-être que son maléfice pourrait ainsi disparaître ? C'était ma seule chance !

Les quais n'étaient plus qu'à cinq cents mètres, en bas d'une longue descente. J'ai accéléré comme j'ai pu.

J'étais trempé, épuisé, mais il fallait que j'y arrive !

– Samuel, ne fais pas ça ! Attends-moi ! Samuel !

Enragé, perdu, j'ai sorti le Y de noisetier de ma poche et, au moment où j'allais le jeter, mon ami a surgi pour stopper mon bras.

– Mon papy a dit qu'il ne fallait surtout pas que tu t'en débarrasses dans le fleuve ! Tu risquerais de provoquer une vague immense qui pourrait tout emporter !

Comment avait-il pu me retrouver et tout comprendre ? Je n'avais pas la force de poser de question, je me suis assis par terre en pleurnichant.

– Dès qu'il a vu les robinets se mettre à couler dans sa chambre, mon papy m'a demandé si nous n'avions pas touché à ses baguettes chez lui...

– Si tu savais comme je suis désolé, Lionel ! ai-je réussi à articuler entre deux sanglots.

– Je te l'avais dit : chaque sourcier doit tailler sa propre baguette. Quand j'ai essayé avec Papy, c'est moi qui ai taillé la mienne. Utiliser la baguette préparée par un autre peut avoir des conséquences gravissimes !

Je l'écoutais, mais en même temps, je ne voyais qu'une chose. Du maudit Y en bois l'eau continuait à s'écouler par gros jets qui éclaboussaient tout.

– Il nous faut faire très vite, car le sort que tu as déclenché ne va aller qu'en empirant ! Suis-moi !

Ce n'était pas difficile de voir comment

il avait réussi à suivre ma trace malgré mes détours. Sur la chaussée, débordant du caniveau, courait un vrai ruisseau que j'avais fait naître sur mon passage. Lui aussi me désignait comme un abominable coupable.

Cinq

Le dompteur

LES COULOIRS de l'hôpital ressemblaient à des rivières et les escaliers à des torrents de montagne. Partout régnait un bazar incroyable. Muni de balais et de serpillières, tout le personnel semblait avoir été réquisitionné pour tenter d'évacuer l'eau vers l'extérieur du bâtiment.

À cause des risques d'électrocution, aucun ascenseur ne fonctionnait, et c'est à pied que nous avons grimpé les cinq étages. Des plafonds coulait une eau chargée de plâtre, et progresser à contre-courant dans les escaliers sur ce sol glissant était épuisant.

– Sortez d'ici, les mômes ! Descendez immédiatement vous mettre à l'abri dehors ! a crié un plombier qui courait dans un couloir du troisième armé d'un fer à souder.

Sans l'écouter nous avons gravi les deux derniers étages. L'eau qui s'écoulait de ma poche transformait l'escalier en torrent impétueux et Lionel derrière moi avait du mal à me suivre. Je l'ai entendu trébucher dans mon dos et, emporté par le courant, dévaler six marches.

– Lionel ! ai-je crié en me retournant.

– T'occupe pas de moi ! Je te rejoins, chambre 536 ! Vas-y, j'arrive ! m'a-t-il lancé comme un ordre.

Dans une autre situation, je me serais

précipité pour l'aider à se relever, mais ce jour-là, stopper le maléfice qui s'acharnait, c'était sauver Lionel et toute la ville avec lui.

Comme un idiot, j'ai frappé à la porte de la 536. La mère de Lionel m'a ouvert. Sans aucune explication, elle m'a poussé vers le lit sur lequel était assis le grand-père.

– J'espère que tu l'as encore... sinon, nous pouvons tous commencer à fabriquer des bateaux ! a-t-il dit en me fixant de ses yeux bleus et clairs.

Sans un mot, à deux mains, j'ai sorti la baguette de ma poche. Je l'ai tendue au vieux monsieur. Elle l'a copieusement arrosé et a inondé son lit.

Il a saisi le Y par ses deux branches et a dirigé le troisième bout tout autour de lui, comme s'il balayait le sort de ce geste autoritaire et décidé.

– Voilà, c'est fini, on se calme, ma belle ! Tout doux, maintenant !

Il n'était pas seulement sourcier, il était dompteur d'un monstre qu'il tenait fermement dans ses mains.

– Ce garçon ne pensait pas te mettre en colère, il voulait juste savoir s'il avait le don. On peut dire qu'il l'a, plus que personne au monde. Mais il ne

recommencera plus avec toi ! Jamais !

– Je le jure ! ai-je crié, comme si cette baguette avait pu m'entendre aussi.

Elle a accepté mes excuses !

L'eau a cessé de couler du Y et, dans mon dos, des robinets de la salle de bains.

– Ça s'arrête ! a fait Lionel, en entrant dans la chambre, trempé comme une soupe.

Au même instant, une grande clameur a retenti dans tout l'hôpital et, je crois bien, à travers toute la ville.

– Tu te rends compte, Sam ! Grâce à toi, des sources que personne ne connaissait ont été dénichées, et il y a huit nouvelles stations de pompage d'eau en ville.

Lionel est assis à la table de la cuisine de son grand-père. Je ne lui réponds pas. Je pense plutôt que c'est *à cause* de moi.

– Bon, maintenant, il faut le tailler, ton Y. Je vais t'expliquer comment faire ! dit le grand-père en me tendant son canif. Attentif, j'écoute ses conseils.

– N'est-ce pas qu'il a le don, mon copain, Papy ! fait encore Lionel. Plus tard dans les déserts, il fera des miracles pour trouver des puits et des sources...

– Oui, eh bien en attendant, laisse Sam se concentrer... et puis...

Le grand-père de Lionel s'interrompt un instant, lance un regard vers la Saponne qui brille à travers la fenêtre.

– Et puis, au cas où... j'aimerais que vous appreniez à nager tous les deux !

Table des matières

Hubert Ben Kemoun

À Nantes où il habite, Hubert Ben Kemoun a parfois assisté aux crues de la Loire. C'est un spectacle à la fois terrible et extraordinaire. Comme il n'a aucun don pour trouver des sources avec les baguettes de noisetier (HBK a déjà essayé) et qu'il n'a que celui d'écrire des histoires pour les grands comme pour les plus jeunes, depuis plusieurs années, Hubert ne se prive pas.

Thomas Ehretsmann

Vite vite vite ! Comme Samuel et Lionel, les personnages qu'il dessine, Thomas Ehretsmann doit tout le temps se dépêcher, courir et transpirer. Pas à cause d'inondations qu'il aurait par mégarde déclenchées avec une baguette de sourcier, mais parce qu'il commence toujours ses dessins en retard et qu'il n'a que très peu de temps pour les terminer. « Une façon de me sentir proche de mes personnages », affirme-t-il.

Découvre d'autres histoires dans la collection
nathanpoche 6-8 ans

fantastique

▷ Retrouve les aventures de *Samuel*
de Hubert Ben Kemoun

Le retour d'Archibald
illustré par Thomas Ehretsmann

Samuel accompagne Lionel sur les bords de la rivière pour étrenner le nouvel **appareil photo** de ce dernier. Au détour d'une énième prise de vue, une image **fige** nos deux héros : à la surface de l'eau, une **main** surgit…

Maudit jardin !
illustré par Thomas Ehretsmann

L'oncle Julius a ramené de son dernier **voyage** un **bijou** qu'il offre à Samuel. Celui-ci l'oublie et part jouer au foot avec son copain Lionel. Mais quand il veut aller récupérer le ballon tombé de l'autre côté du mur, il atterrit dans un **étrange jardin**…

Chasse à l'ombre
illustré par Thomas Ehretsmann

Pour Samuel, une ancienne usine de verre et sa **mine abandonnée** sont un terrain de jeu idéal. Avec son copain Lionel, ils pénètrent donc dans une salle **souterraine**. Mais ils ne se doutent pas de ce que l'**ombre** de la mine leur réserve comme surprise…

Terriblement vert !
illustré par François Roca

PRIX Sorcières 2002

Oncle Julius a rapporté des **graines** de son dernier voyage aux quatre coins du monde. Mais conserver des graines **exotiques** au réfrigérateur, c'est **risqué**. Surtout quand elles sont rarissimes et qu'elles ressemblent à des bonbons…

et aussi d'autres titres disponibles...

AVENTURE

Le soir du grand match

de Hubert Ben Kemoun, illustré par François Avril

Qui appelle au **secours** ? Pour le savoir, Matthieu doit renoncer à regarder la finale de la **Coupe du Monde** de foot avec ses copains. Mais c'est un **match** bien plus périlleux qui l'attend…

▷ Série *L'Île à Lili*

Les Pirates de l'Herbe

À la mer Verte, on a fait une rencontre dont on se serait bien passés : des enfants pirates ! Avec leur chef, ils apprennent à piller et à voler. **Mais, ils savaient pas à qui ils avaient affaire, parole de Lili !**

MYSTÈRE

Trouillard !

de Thierry Lenain, illustré par Miles Hyman

Je n'ai pas pu m'empêcher de **hurler** ! Et ce n'est pas parce que je suis **trouillard**. Mais quand j'ai senti le souffle chaud remonter le long de mon bras, j'ai bien cru que ma **dernière heure** était arrivée.

La mer a disparu

de Michel Piquemal, illustré par Françoiz Breut

Nicolas est en **colère** : sa mère l'a laissé seul ce week-end chez son grand-père. Sur la plage, il arrache un **anneau rouillé**. L'eau s'échappe peu à peu. Et si Nicolas avait provoqué une immense **catastrophe** ?…